笑いあり、しみじみあり

シルバー川柳

バラ色の人生編

みやぎシルバーネット＋河出書房新社編集部　編

河出書房新社

本書は、宮城県仙台市で発行されている高齢者向けフリーペーパー『みやぎシルバーネット』に連載の「シルバー川柳」への投稿作品、および河出書房新社編集部あてに投稿された作品から構成されました。

投稿者はみな、六〇歳以上のシニアの方々です。『みやぎシルバーネット』への投稿者の多くは仙台圏在住の方ですが、それ以外の地方から投稿されている方もいます。また河出書房新社編集部へは、全国の皆さんが川柳をお寄せくださっています。なお作者の年齢は、投稿当時の年齢を記載しております。

デイの風呂
今日は草津の
エメラルド

松田瞭子（95歳）

カレンダー
予定が入り
胸はずむ

及川光子（78歳）

続けたい
下手でも手書き
年賀状

佐藤とし子（87歳）

楽しい日
文字はみ出した
日記帳

森下としへ（94歳）

グルメとや南無阿弥陀仏《なむあみだぶつ》活造《いけづく》り

田中倶子（83歳）

カラオケを
同じ曲にて
婆《ばあ》競い

千葉藤雄（93歳）

美女ですか
うふふ残念
魔女ですよ

中沢定子（74歳）

春ですね
恋花の種
植えましょか

江口和子（80歳）

にごり湯に
卵頭の
ジィジ二人

鈴木文子（80歳）

腹黒も
真っ白になる
玉子の湯

岸田紀雄（82歳）

アンケート「苦しい」と書く収入欄

島田正美（73歳）

カンプキン
パンプキンの
馬車かしら

木村鏡子（66歳）

妻の後
子供のように
追う夫

中沢定子（74歳）

俺はどこ
老妻《つま》のプランは
一人旅

秋葉秀雄（75歳）

大浴場
口を隠して
下隠さず

三浦千司（80歳）

大浴場
滑って転んで
視線あび

渡邊美奈子（85歳）

蛍だけ
覗《のぞ》き見《み》許す
露天風呂

専徒直子（85歳）

おひなさま
私にください
美と若さ

村上一枝（79歳）

スクワット
おかげで苦なく
和のトイレ

國井頼子（78歳）

威勢よく
おなら一発
元気です

大須賀博（89歳）

三桁母
パズルが仕事
脳活性

鈴木昌子（77歳）

桜道
昔のように
手をつなぎ

日野実千代（72歳）

弁当を
しだれ桜に
覗《のぞ》かれる

大友寛子（85歳）

お嬢様
なれのはてには
お一人様

増永祥子（78歳）

ネックレス
代用品は
首のしわ

遠藤英子（85歳）

三つ編に
長き白髪を
整えて

佐藤きみ子（94歳）

白髪に
ほどよく揺れる
イヤリング

木村由紀（73歳）

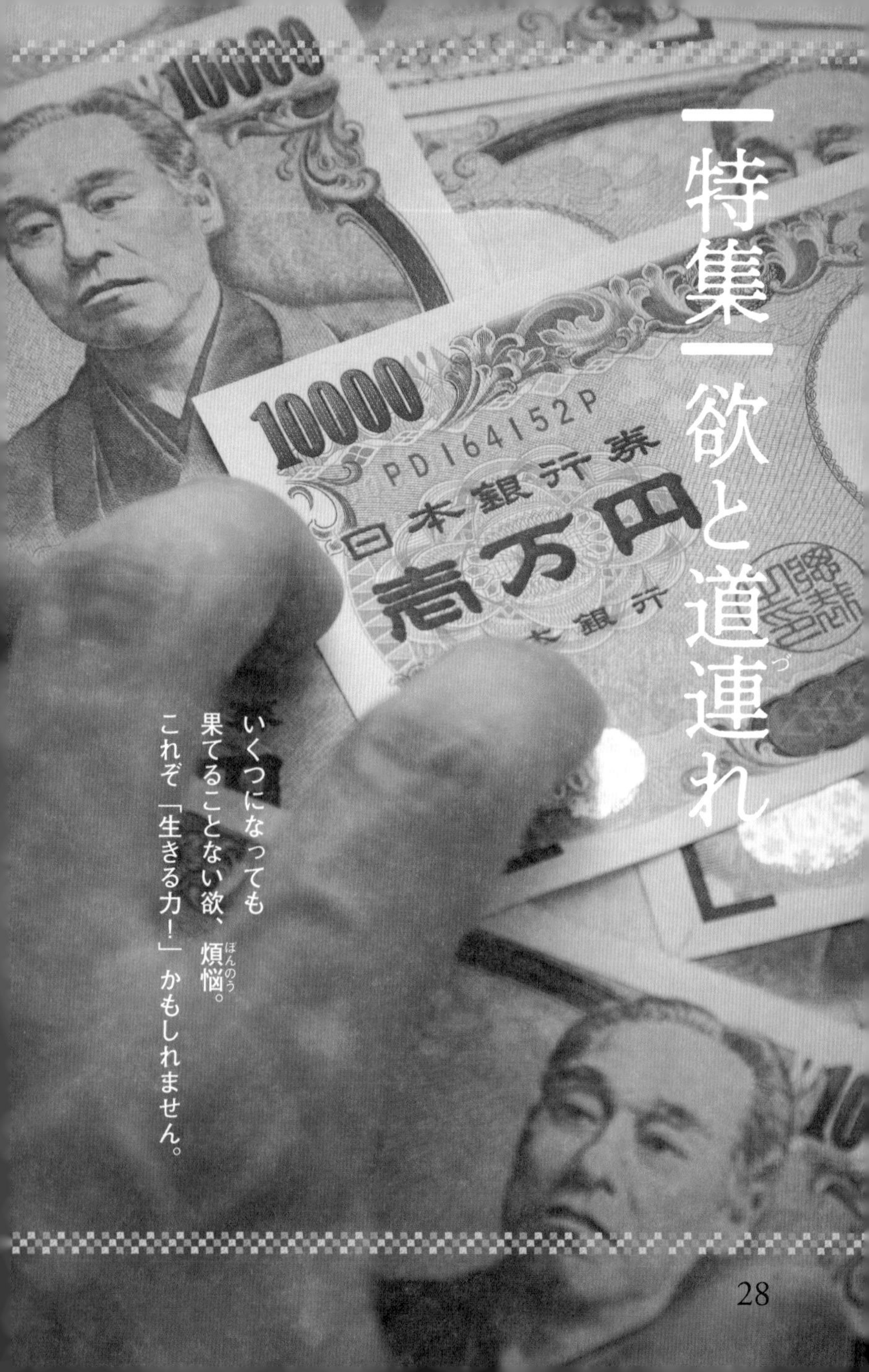

特集 欲と道連《づ》れ

いくつになっても
果てることない欲、煩悩《ぼんのう》。
これぞ「生きる力!」かもしれません。

キャッシュレス札束にぎって餓死したる!

滝沢 博(67歳)

明日在《あ》るか
やはりケーキは
今日食べる

小寺淳子（77歳）

ときめいて
ロマンス詐欺に
麦茶ゴクン

佐藤昭子（70歳）

もう少し
生きてみたいの
髪染めて

酒井三千枝（77歳）

前頭葉
ピンクに染まる
袋とじ

川島善夫（78歳）

米寿くりゃ
わたしゃ無欲と
信じてた

長谷川幸子（88歳）

フラ衣装
俺はなりたい
あの貝に

中沢民雄（69歳）

三助になって美人を流したい

伊丹俊勝（73歳）

家中を
敵に回して
免許死守

山田明（72歳）

念力で
オシッコ出し乗る
バス旅行

山本智志（83歳）

無職より
隠居と書きたい
職業欄

尾上文夫（74歳）

予定では
三〇年先も
いっぱいだ

堀江良彦（79歳）

アルツババ
お色気すぎて
もて余し

岩見弥生（94歳）

CMの
ように消したい
しわとしみ

峯田紀久子（79歳）

欲しいもの
視力体力
女運

近藤圭介（70歳）

女ゆえ
甘い言葉に
百までも

塚本洋子（89歳）

パサパサ手
ビニール開かず
指なめる

小高幸子（78歳）

老化とは
こういう事だ
けつまづく

松山敬子（82歳）

じわじわと老い
嘘です
どかっと来る

今井慶子（88歳）

よかったよ
じゃじゃ馬娘
嫁げたよ

加茂昭六郎（80歳）

洗い物
増えて嬉しい
娘《こ》と同居

菅野宏司（90歳）

金婚式
よくたえたねと
娘ほめ

町田猶子（92歳）

会えるなら
呆ける前にと
ライン来る

山田 明（71歳）

洗濯すれば
ティッシュの粉雪
また舞って

波多野旬子（70歳）

去年より
上達してます
物忘れ

峯田紀久子（80歳）

家飲みは
看板なしの
無制限

飯野栄次（71歳）

少し飲み
ぼんやりさせて
つくる一句

伊藤善治（70歳）

用もなく訛《なま》り聞きたく長電話

比嘉典子（79歳）

検尿で
なみなみ入れて
叱られる

がんばるぞ
お雑煮のもち
無事食べて

骨密度
検査の前に
じゃこ食べる

気にしない
死んだ人なし
置き忘れ

4句とも、松山敬子（82歳）

もう少し
煮詰めりゃ美味し
鍋こがす

尾崎サカエ（91歳）

今日もまた
ゴミ出してきた
元気です

田中加子（85歳）

てんこ盛り
鼻にくっつく
とろろ飯

菅野悦子（84歳）

北山と
三山はどこかな
テレビ欄

木村 忍（89歳）

夜一人
音量上げて
コンサート

馬場悦子（72歳）

アンコール
されると困る
手品かな

梅田真繁（85歳）

サークルの
新入りの齢《とし》
うわさする

田中倶子（82歳）

福耳と
言われた耳も
難聴に

狩野牧男（82歳）

「聞こえたのッ！」
「聞こえません」と
即答し

狩野牧男（82歳）

顔色良い
主治医の笑顔に
励まされ

鹿又和子（81歳）

踏み込んだ
金の話は
聞き流し

生出貞子（91歳）

増えたな〜
聞こえなくても
いいことが

櫻井康夫（68歳）

お爺さん
暗証番号
皆に言う

竹馬亮二（89歳）

目も手術
義歯も入れたよ
妻ほしい

中鉢紀雄（82歳）

小雪舞う
禿《は》げた頭も
あられ模様

菱沼俊行（75歳）

ヘアスタイル
変えたんじゃない
抜けただけ

近藤圭介（70歳）

老いてなお
恋《こい》占《うらな》いに
はしゃぐ妻

島田正美（73歳）

妻強し
殺虫剤で
手を洗う

山本智志（83歳）

だれより自分大事と慈《いつく》しむ

飛田マサ子（77歳）

誤算です
いつまでたっても
強いババ

東海林芳男（68歳）

鬼は外
転ぶジジィに
笑う孫

東海林芳男（68歳）

野良猫も3年経てば大地主

滑川芳雄（80歳）

潮干狩り
楽しみなのは
股のぞき

勇 英一（81歳）

チョイ悪で
ならした俺が
ちょい漏れに

中沢民雄（69歳）

手もすべる
口もすべるよ
うちの爺《じい》

叶 芳雄（73歳）

医者通い
そのためだけの
服を買い

神山慧子（83歳）

病院も
3年通えば
案内係

滑川芳雄（80歳）

缶コーヒー
見舞品だが
蓋あかぬ

林 忠夫（85歳）

四人部屋
四つのドラマが
涙もの

勝又千恵子（81歳）

片付け魔
どこに置いたか
記憶なし

高橋えみ子（72歳）

物忘れ
大事な物は
仕舞わない

高橋勝見（78歳）

だれだっけ？
私も聞こうと
思っていた

天野ハル（90歳）

「先に逝《い》く」
「天国ですか」
「トイレです」

本名隆史（83歳）

七十に
なればなったで
欲が出る

近藤圭介（70歳）

七十が
羨ましいと
言う八十

竹馬亮二（89歳）

郵 便 は が き

恐れ入りますが
63円切手を
お貼り
ください。

1 5 1 0 0 5 1

（受取人）

東京都渋谷区千駄ヶ谷2の32の2

河出書房新社

『シルバー川柳』

愛読者カード係 行

お名前	年齢： 歳 性別： 男 ・ 女
ご住所 〒	
ご職業	
e-mailアドレス	

弊社の刊行物のご案内をお送りしてもよろしいですか？

□郵送・e-mailどちらも可　□郵送のみ可　□e-mailのみ可　□どちらも不可

e-mail送付可の方は河出書房新社のファンクラブ河出クラブ会員に登録いたします（無料）。
河出クラブについては裏面をご確認ください。

ご記入いただいた個人情報は、ご希望の方へのご案内送付や出版企画の参考等に利用、ご感想は弊社の新聞・雑誌広告、HP等で掲載させていただくことがございます。ご了承ください。上記目的以外では使用しません。

愛読者カード『　　　　　　　　　　　　　　　　　　　編』を読んで

空欄にお読みの書名(『シルバー川柳◯◯編』の◯◯部分)をご記入ください。

●どちらの書店にてお買い上げいただきましたか？

地区:　　　　　　都道府県　　　　　　　　　市区町村

書店名:

●本書を何でお知りになりましたか？

1.新聞／雑誌(__________新聞／広告・記事)　2.店頭で見て

3.知人の紹介　4.インターネット　5.その他(　　　　　　　)

●定期購読している雑誌があれば誌名をお教えください。

●本書についてご意見、ご感想をお聞かせください。

咲けないで
枯れないで
生きている

白木幸典（93歳）

プーシュシュッ
へーこいたね
誰のお尻？

古堅勝枝（74歳）

プーさんと
呼ばれるじじぃ
屁が多い

久保山佳明（80歳）

始めたら
オシメーか
なあ紙おむつ

小久保継（82歳）

古希迎え
ピリピリやめて
ゆるキャラ化

波多野旬子（70歳）

ロボット掃除機に
追われ転倒
肩痛め

太田　清（86歳）

菓子もらい
糖尿なった
どないしよ

中村佐江子（93歳）

歯の治療
あまりの恐怖
両手上げ

大和田久美（78歳）

初恋を
湯舟で話す
同級会

高橋はつゑ（80歳）

美人の湯
入って来たとは
言えぬ顔

南 雅子（83歳）

美人の湯
効かぬ姑《しゅうとめ》
効いた嫁

秋葉秀雄（75歳）

決めるのは
妻の方だと
決めている

村田稔（70歳）

同じ床《とこ》
背中掻《か》いてと
ヨメ甘え

後藤憲之（79歳）

自宅バー
手酌お新香
ホステス婆《ばあ》

庄子春吉（79歳）

卒婚も
楽しそうだネ
考えようット

安達 董（80歳）

やまのぼり
若いつもりが
足がつる

角田和子（76歳）

転ぶなと
育ててくれた
祖母転ぶ

岡本宏正（80歳）

車椅子
押して段差の
数を知る

岸田紀雄（82歳）

三時起き
八時昼寝で
夕刊待つ

神崎シゲ子（81歳）

恩返し
ツルなら良いが
サギ恐し

大森 晃（65歳）

オレって誰？
働きなさい
親泣《な》くよ

鈴木洋子（85歳）

詐《さ》欺《ぎ》じゃない
実の息子に
タカられる

伊藤由美子（62歳）

九〇歳以上の川柳の部屋

～あっぱれ！人生の大先輩～

いくら歳を重ねても心は青春！
大先輩たちのみずみずしい暮らしと
心持ちのひとコマを川柳で。

三年ぶり
花火たのしみ
ババァバババン

松田暸子（96歳）

黒髪に
染めてみたのに
顔ばあば

亀井操代（90歳）

活け花に
話しかけては
水を替え

木村美与子（97歳）

春うれし
窓拭きしたら
頬脈に

櫻井安子（96歳）

百一歳
若いと言われ
有頂天

服部万吉（101歳）

亡き夫の
時計の電池も
替えておく

山内賀代（92歳）

天国で
思い出してネ
旅の夜

高橋スマノ（95歳）

在りし日の
夫疎《うと》まし
今侘《わび》し

加藤セツ子（92歳）

アラいやだ
あと三年で
百歳だぁ……

吉澤浪子（97歳）

恥をかき
一ツ利口に
なりまして

高橋知杏（93歳）

いくつかの
角を曲がって
角が取れ

森下としへ（94歳）

九十三才
まだ働ける
うぬぼれて

狗飼艶子（93歳）

人生は
短くないが
早すぎる

氏家さゆき（94歳）

ドライヤー
使っています
尿漏れに

金丸典男（91歳）

便秘薬
飲んだところに
不意の客

山本敏行（96歳）

パズル誌が
全問解けた
爽快感

中村一枝（90歳）

耳鳴りの
ムシ掻《か》き出したいナ
耳《みみ》掻《か》きで

斉藤恵美子（95歳）

迷惑と
云《い》われたくない
長生きを

増永祥子（78歳）

仏壇に
一人で乾杯
毎夜です

安藤恵子（78歳）

日《にち》月《げつ》火《か》
どれも同じの
老い二人

松山敬子（81歳）

孫の知恵
ジィジ持《も》て成《な》せ
札くるぞ

三浦多か子（76歳）

メールして
返事来ないと
電話する

増永祥子（78歳）

同期会
必ず来てね！に
心浮く

加藤宏子（84歳）

拝啓も
前略もなく
「生きてたよ」と

今井慶子（88歳）

生きるため
続けていこう
紙オムツ

菅野宏司（90歳）

齢《とし》をとり
みんな凶器の
室《へや》の物

遠藤英子（85歳）

老いてなお
忘れず伸びる
ツメとひげ

島田正美（73歳）

我が手足
使ったなぁと
なでて視《み》る

山田和子（79歳）

重病癒《い》え
今が本当の
余生だね

後藤憲之（80歳）

病院も
ホテルと思えば
メチャ楽しい

谷口 豪（72歳）

金は無い
地位も無いが
結石はある

滝沢 博（68歳）

モップがけ
カーリング気分
おやつ食べ

権藤静子（72歳）

老ホーム
二年も住めば
俺《おら》が城

暇すぎて
ホームで仕事
探してる

乱れ髪
お仲間も居て
老人ホーム

老ホーム
三食終われば
独居房

4句とも、白木幸典（93歳）

タカラヅカ目指した美声で愛犬《いぬ》を呼ぶ

千葉洋子（71歳）

メモ忘れ
手当り次第
カゴの中

高橋ミヨノ（85歳）

朝起きて
ボケてないかと
九九を言う

内山繁雄（82歳）

トイレ起き
愛犬じゃれつき
アアもれそう

滝沢 博（68歳）

長生きが
めでたきこととは
言い切れず

田中倶子（82歳）

老の窓
扶養家族の
雀来る

宮坂 正（98歳）

ウォーキング
春を見つけて
止まる足

長谷川登美（73歳）

健康のうちに病院下見する

志鎌清治（96歳）

カレンダー満艦飾《まんかんしょく》の病院名

浜野享吾（88歳）

目の検査
上から下迄《まで》
まん丸だ

松山敬子（82歳）

飲み薬
十八種類と
自慢友

天野ハル（90歳）

夫《つま》漬けた
梅干し上出来
ハイタッチ！

加藤宏子（85歳）

恋したい
片足立ちが
まだできる

山本智志（83歳）

水仙の
つまさき立ちて
そり返り

新井和子（82歳）

生声で聞けないものか孫の声

長谷川誠子（73歳）

届いたよ
頼みもしない
商品が

山口重子（78歳）

暑い！寒い！
二人の温度差
どう埋めよう

加藤宏子（85歳）

我が家には警察代わりの妻がいる

佐藤勝美（65歳）

眠ったら
終わりのような
星の夜

今井慶子（88歳）

母と娘《こ》で
一七〇歳の
福の豆

木村由紀（73歳）

風やさし
孫の選びし
せんぷうき

飛田マサ子（77歳）

生きぬいた今日寝る前の達成感

飛田マサ子（77歳）

葬儀社を子供と共に下見する

佐藤チヅ（85歳）

好《よ》い顔だ
これが遺影と
言う息子

町田猫子（92歳）

ググっても
答は出ない
いつ死ぬか

田中倶子（82歳）

疲れたなあ
二度見している
死亡欄

今井慶子（87歳）

あったでしょう
秘密の二〜三
持って逝《い》き

長谷川幸子（88歳）

逝《い》く時は
綿毛に乗って
ルンルンと

渡辺フミ（76歳）

あの世で
賀状待つ友
ふえたこと

宮井逸子（94歳）

老いし友
元気してるか
年賀来ぬ

村田榮子（83歳）

又逢うと
約束それが
生きるすべ

岩見弥生（94歳）

【編者あとがき】

『みやぎシルバーネット』編集発行人　千葉雅俊

川柳ファンの皆様、全国の書店や出版関係者の皆様、本当にありがとうございます。このシルバー川柳シリーズが、ついに第20弾を迎えることが出来ました。

小紙編集室にもシリーズをいっそう盛り上げていこうと言わんばかりに、たくさんの投稿ハガキが寄せられています。その一枚一枚に綴られた五七五にはプゥッとふき出したり、深い感動や感銘を受けたりもいたします。奥の深い川柳の魅力をシニアの集いなどでお話しする機会にも恵まれるのですが、「川柳は好きだけど、作るのはちょっと…」とおっしゃる方がほとんど。一歩踏み出された投句者の皆さんは、どんな理由で作句をされ、どんな手応えを感じていらっしゃるのでしょう？　投句者の男性に行ったアンケート結果から、読み解いてみたいと思います。

まずは、川柳を始めたきっかけや目的についてですが、「認知症の予防」とお答えの方が一番多いという結果でした。「後期高齢者に仲間入り、脳の活性化を図っている。」（79歳）、「川柳は頭の体操に最高の友達。」（84歳）と、脳トレとしての効果に期待する向きは大きいようです。「寝たきりになった場合の生き甲斐として役に立つかもしれないと考え、定年を迎える頃に始めた。」（83歳）、「麻雀、ゴルフ、陶芸を友人と楽しんでいたが、一人ひとりと減っていき、一人でもやれるものはないかと始めた。」（80歳）。肉体の衰えやおひとり様への備えとしても、川柳は打ってつけのようですね。

そうは言っても、「作品が浮かばなくなった」とスランプに陥ったり、体調と相談しながら休み休み投稿されている方も珍しくありません。それでも続けて来たからこその、嬉しいお言葉をいただいています。「右手が動かないので、左手で字を書いて食事が出来たら良いと思い川柳を始めた。おかげで不在者投票も出来るようになった。」（77歳）、「定年を機に女房に勧められた。ある意味、体よく外に放り出されたことになるのだが、結果的には15年ほど続いている現実に面食らっている。」（80歳）、「他人の考え方、生き方、表現方法、学ぶことがいっぱい。」（89歳）、「孫との共通の話題ができた。」（男性77歳）、

「始めてから脳が若くなり、友達も増えている。」（69歳）。
紙とペンに親しんでおけば、特別な出来事を一句にする幸運にだって恵まれるかも知れません。小紙のホームグラウンドである宮城県には令和4年夏、甲子園から初めて深紅の大優勝旗が持ち帰られました。地元の熱狂ぶりは大変なもので、思いの込められた川柳が優勝に花を添えています。川柳って、本当に素晴らしいですね。ぜひ、皆さんも！

百年の　扉こじ開け　優勝旗　山岡京子（88歳）
東北の　悲願達成　アッパレ育英　阿部昌道（75歳）
涙した　あの三沢から　半世紀　中村勇子（69歳）
夢じゃない　白河の関　越えてきた　髙橋スマノ（96歳）
優勝す　校歌を共に　声かすれ　勝又千恵子（81歳）

投句者の阿部弘さんの絵手紙

河出書房新社「シルバー川柳」編集部

みやぎシルバーネットさんとのシルバー川柳本、今年の1月で10周年となりました！　人気投稿連載をぜひ本に、と震災後まもない仙台の千葉編集長にお願いに伺ったのがつい昨日のことのよう。まさかその後、本シリーズだけで計20巻、10年間も刊行し続けられるとは夢にも思っていませんでした。

1冊目からずっと河出のシルバー川柳の応援団長をしてくださっている毒蝮三太夫さん！　そして何より、作品投稿やご愛読で毎号集ってくださるシルバー川柳ファンの皆さんに感謝です。千葉編集長と河出編集スタッフで、時にはお酒を酌み交わしながらの編集会議（?!）もあり、編集部も毎回フレッシュな気持ちで選句しております。

投稿総数も増え続け、年3冊の刊行では載せきれず、只今、ご投稿から数か月〜1年後の掲載作も珍しくありません。お待たせしてしまい恐縮ですが、少し気長に「載っているかな」と次巻を楽しみにしていただければ幸いです。これからもご愛読よろしくお願いします。

60歳以上の方のシルバー川柳、募集中！

ご投稿規定

- 60歳以上のシルバーの方からのご投稿に限らせていただきます。
- ご投稿作品の著作権は弊社に帰属します。
- 作品は自作未発表のものに限ります。
- お送りくださった作品はご返却できません。
- 投稿作品発表時に、ご投稿時点でのお名前とご年齢を併記することをご了解ください。
- ペンネームでの作品掲載はしておりません。

発表

今後刊行される弊社の『シルバー川柳』本にて、
作品掲載の可能性があります（ご投稿全作ではなく
編集部選の作品のみ掲載させていただきます）。
なお、投稿作品が掲載されるかどうかの個別の
お問い合わせにはお答えできません。何卒ご了解ください。

あなたの作品が本に載るかもしれません！

ご投稿方法

- はがきに川柳（1枚につき5作品まで）、郵便番号、住所、氏名（お名前に「ふりがな」もつけてください）、年齢、電話番号を明記の上、下記宛先にご郵送ください。
- ご投稿作品数に限りはありませんが、はがき1枚につき5作品まででお願いします。

〈おはがきの宛先〉

〒151-0051
東京都渋谷区千駄ヶ谷2-32-2
（株）河出書房新社
編集部「シルバー川柳」係

みやぎシルバーネット
一九九六年に創刊された高齢者向けのフリーペーパー。主に仙台圏の老人クラブ、病院、公共施設等の協力を得ながら毎月三五〇〇〇部を無料配布。高齢者に関する特集記事やイベント情報、サークル、遺言相談、読者投稿等を掲載。
https://miyagi-silvernet.com

千葉雅俊 『みやぎシルバーネット』編集発行人
一九六一年、宮城県生まれ。広告代理店の制作部門のタウン紙編集を経て、独立。情報発信で高齢化社会をより豊かなものにしようと、高齢者向けのフリーペーパーを創刊。シルバー関連の講演会などの活動も行う。選者を務めた書籍に『シルバー川柳』『超シルバー川柳』シリーズ（小社）、『シルバー川柳　孫へ』（近代文藝社）。著書に『みやぎシニア事典』（金港堂）などがある。

ブックデザイン	GRiD
編集協力	毛利恵子（株式会社モアーズ） 忠岡 謙　（リアル）
写真	ピクスタ
Special thanks	みやぎシルバーネット「シルバー川柳」読者、投稿者の皆様。 河出書房新社編集部に投稿してくださったシルバーの皆様

笑いあり、しみじみあり
シルバー川柳　バラ色の人生編

二〇二三年一月二〇日　初版印刷
二〇二三年一月三〇日　初版発行

編者　みやぎシルバーネット、河出書房新社編集部
発行者　小野寺優
発行所　株式会社河出書房新社
〒一五一―〇〇五一
東京都渋谷区千駄ヶ谷二―三二―二
電話　〇三―三四〇四―一二〇一（営業）
〇三―三四〇四―八六一一（編集）
https://www.kawade.co.jp/

組版　GR・iD
印刷・製本　図書印刷株式会社

Printed in Japan　ISBN 978-4-309-03092-0

次号予告

次の第21弾シルバー川柳本は2023年5月ごろ発売予定です!

次巻もお楽しみに♪
バックナンバーも好評発売中です。
〜くわしくは本書の折り込みチラシをご覧ください〜

河出書房新社　Tel 03-3404-1201
https://www.kawade.co.jp/